Wie ich nach 18 Jahren In Italien zu der Erkenntnis gekommen bin,dass in diesem Land nur ein einziges Gesetz befolgt wird. Und zwar:

Alles was logisch oder praktisch erscheint ist strengstens verboten.

Ich schwöre, dass nichts in diesem
   Heft erfunden ist.
Einiges scheint vielleicht ein
bisschen übertrieben.
Ähnlichkeiten mit anderen
Personen sind unmöglich, sie sind
alle autentisch und einzigartig.

Vorwort

Ich habe diesen Text erst einmal in italienisch geschrieben um mir mal Luft zu machen, obwohl es sicherlich viele Gründe gibt lieber nicht zu schreiben.Zum Beispiel:

1. ich bin kein Italiener
2. Ich habe nie einen Italienischkurs besucht
3. Ich bin nicht poetisch veranlagt
4. ich bin mit Sicherheit kein Schriftsteller

Vor einigen Jahren habe ich an einem persönlichkeit-aktivierendem Kursus teilgenommen und in der 2. Stunde bekamen wir die Aufgabe unsere Kreativität in ein paar Zeilen auszudrücken.
Hier das Resultat.
Meine Freundinnen fanden es amüsant,wenngleich alle Schriftsteller sicherlich das grosse Grausen kriegen. Wenn auch Du, lieber Leser es amüsant findest lies ruhig weiter, andererseits verschenk dieses Büchlein an jemanden den Du nicht leiden kannst.

Kreativität

Es ist Sonntag morgen,
ich sitz in meiner Küche
und mein Kopf raucht.
So hilf mir doch jemand-
was ist Kreativität?

Vor mir das frischgebackene Brot
duftet
das ist sehr angenehm.
Was ist Kreativität

Die Fenster sind schmutzig,
ich dreh mich mal um,
dann seh ich sie nicht.
WAS IST KREATIVITäT?

Jetztnehm ich mir den Hund, und geh
mit ihm spazieren,
so sind schon mal zwei zufrieden,
ist das auch Kreativität?

Mein erster Kontakt mit dem "Mundus Italico"

Ich habe einen Nord- Italiener geheiratet und kaum konnte ich einigermassen italienisch, bekam ich Geschichten von Personen zu hören die in der Vergangenheit,als es noch keine Soap-opern gab, abends, oft im Stall,ihr Publikum
mit ihren Erzählungen unterhielten:

Scopel della Guizza

(Scopel ist ein Nachname aus dem Norden und la Guizza ist ein Teil des" Monte Grappa", bekannt durch die Schlacht im ersten Weltkrieg)
-
Scopel arbeitete auf seinem Feld und hörte den Krach der Schlacht am "Monte Grappa"
Plötzlich, über ihm, erschien ein Flugzeug, und in dem Flugzeug sass der König Viktor Emanuel. Dieser warf ihm eine Zigarette zu und rief:" Rauch mal schön, Scopel"·
"Vielen Danke Majestät"rief er zurück.

Beniamino dalle Rive

Benjamin war stolz darauf, dass er Stalin persönlich kannte.
Gerne sprach er von seiner Konversation mit Ihm. Und einmal hat Stalin ihn gefragt:"Benjamin, warum kommst Du mich nicht mal in Russland besuchen?"Heute kann ich nicht, ich muss Heu machen" war seine Antwort.

Beniamino war auch ein paar Jahre in America und hat als Holzfäller in den Rocky Mountains gearbeitet. Einmal setzten er und sein Freund sich auf einen grossen Baumstamm zum Frühstücken. Nachdem er seine Salami geschnitten hatte, haute er sein Holzfällermessen neben sich in den Stamm - und da bewegte sich der Stamm. Sie sassen auf einem riesigen Krokodil. In den Rocky Mountains!

Toni Buleghin

Toni Buleghin war sehr bekannt. Wo er auch erschien begrüsste man ihn mit Namen. Richtig berühmt. Einmal hat er den Papst nach China begleitet und alle Chinesen fragten: ”Wer ist denn der Mann da, ganz in weiss, neben Toni Buleghin?”

Früher hab ich noch gfragt wieviel Verrückte da rumlaufen, heut nehm ich das sportlicher

Der Grossvater meines Mannes

Vor einigen Jahren fanden Freunde
meines Mannes einen Artikel ueber
seinen Grossvater.
Es handelt sich wahrscheinlich um eine
Doktorarbeit , die ein gewisser Agostino
Amantia, in den Archiven von Belluno
suchend, geschrieben hat.
Sein Ziel war, anhand von
Familiengeschichten, Prozessen usw.
die locale Geschichte der italienischen
Alpen zu beschreiben und zu beweisen,
dass die "Mafia" im Norden nicht Fuss
gefasst hat da dieArmut so gross war,
dass der Grossteil der Bevölkerung
auswandern musste.

 Es handelt sich um Giovanni Scopel,
genannt Nane Mena, geboren 1877.
Sein Sohn, Arteo Scopel, mein
Schwiegervater, wurde rasend als er
den Artikel gelesen hatte, den er von
meinem Mann, Adelchi Scopel
bekommen hatte.
Er schrie am Telefon, er wolle wissen
wo er den Halunken findet der das
Andenken seines Vaters beschmutzt
hat.
Nicht auszudenken, was passiert wäre,

hätte er ihn gefunden.
Die Geschichte ist ein eigenes Buch
wert, ich möchte nur ein Beispiel
Volkslogik herauspflücken wie sie die
Familie erzählt.
Also,der Voter meines Schwiegervaters
war ein reicher Mann, gemessen an der
Armut der Bevölkerung und wurde
auch Bürgermeister,war also ein
angesehener Mann. Sein Wusch war es,
nach dem 1. Weltkrieg, ca 1930
Podestà zu werden. (eine Art
Oberbürgermeister z.Z. des
Faschismus)
Politisches Hin und her,Unterstützung
eines Abgeordneten bester Familie,
nichts half, die Gegner bedienten sich
eines Mittels , das seit der Antike bis
heute altbewährt ist. Er wurde
angezeigt.
Laut Anklage hat er die Zahlung von 5
Liren verweigert die einem Mann
zustanden der während des Krieges
Verletzte ins nächste Krankenhaus
brachte. Die Familie kennt die
Geschichte so: Opa hat das Geld nicht
gezahlt da die betreffende Person mehr
Verletzte angegeben hatte als er
tatsächlich transportiert hatte.Der
Kommentar meiner Schwiegermutter
war: "Saublöd, das war doch nicht sein

Geld, um gerecht zu sein hat er sich die Karriere kaputt gemacht."
Fazit:

Wer ehrlich ist, hat in der Politik nichts zu suchen.

Für den Prozess wurden natürlich Zeugen gesucht. Eine Frau gab zu Protokoll:
"Ich habe den Scopel auf einem Stein sitzend angetroffen, er sah in Richtung Nord-Ost. Im Nord-Osten liegt Österreich und das beweist, dass er für Österreich ist und nicht für Italien."

Kinder

Als ich in den 70iger Jahren zum ersten Mal nach Italien kam, gab es noch viele Kinder die auch vergnügt auf der Strasse rumtobten.Heute sieht man kaum Kinder auf der Strasse und sie werden auch nicht als Kinder behandelt.
Im März, wir haben schon 20 Grad sind sie angezogen wie Polarforscher mit Daunenjacke usw. und die Mutter schreit hinterher:"Um Gottes Willen, beweg dich nicht, sonst schwitzt du.
Kinder werden im Auto zur Schule gebracht, zum Kommunionsuterricht gefahren und vielleicht einmal in der Woche zum Schwimmen- im Auto versteht sich.
Ansonsten sitzen Sie vor dem Fernseher oder Computer.
 Ich war immer die entartete Mutter die Ihren Kindern erlaubte auf dem Rasen im Garten rumzurennen.
 Für mich gibt es nichts schöneres als Kinder die in der freien Natur toben.
 Kommentar der Italiener: " Aber

Signora, halten Sie die Kinder ruhig, die können sich doch weh tun" Oder auch:" Huch, wie schrecklich, die machen sich vielleicht schmutzig"

Ich, die Entartete brachte meine Kinder in den Wald -zu Fuss,-deshalb auch entartet - und dort spielten wir Rotkäppchen, Schneewittchen und andere Märchen. Die Büsche waren unsere Schlösser und Zweige die Pferde.

Ich habe auch versucht die Freunde meiner Kinder dazu einzuladen, in der Regel ohne Erfolg. Das war den Eltern zu gefährlich.

Meine Kinder sind jetzt erwachsen- Gott sei Dank

Im Fensehn sagt man, dass die italienischen Kinder mittlerweile die dicksten Europas sind - warum wohl?

Männer

Lassen wir das lieber.

Jemand sollte mal
Grundlagenforaschung betreiben,
d.h. eine Probe von mehreren Männern
verschiedener Altersstufen
ausprobieren.Ich bin zu alt dazu und
hab die Nerven nicht mehr.
 Auf jeden Fall denkt auch mein Mann
anders als ich.
Jeden Morgen isst er einen Löffel Honig
und legt den schmutzigen Löffel auf
den Küchentisch, und ich putze dann.
Irgendwann wirft er mir vor dass ich
mit meinen Aktivitäten doch wenig
verdiene." Und jeden Morgen Deinen
Honig wegputzen bringt noch weniger
ein und ist auch durchaus nicht
befriedigend." Vielleicht hab ich
gedacht er macht jetzt morgens einen
Schritt nach rechts und steckt den
Löffel in die Spülmaschine. Aber das
würde zu weit gehen. Er macht einen
Schritt nach links,reisst ein Blatt

Küchenpapier ab und legt es auf den Tisch, und darauf den Löffel!!!?

Õffentliche Verkehrsmittel

Vor einiger Zeit bin ich mal wieder mit dem Zug gefahren. Die betreffende Lienie geht vom Hinterland Roms zum Flughafen Fiumicino.Ich musste aber ein paar Stationen frueher aussteigen. Nun sind aber die Bahnhöfe kaum beleuchtet und ich presste meine Nase

an der Scheibe platt um zu erkennen wo ich bin. Glücklicherweise kann ich Italienisch und konnte die anderen Passagiere fragen.
Ein Turist muss echt Talent haben um ans Ziel zu kommen.
In anderen Ländern gibt es Lautsprecher die die nächste Haltestelle bekannt geben, ausserdem ein Display auf dem eine laufende Schrift die nächste Station ankündigt.
In Berlin sogar die nächsten 3 Stationen.
Dieses Display existiert auch in diesem Zug. Ununterbrochen kann man da lesen :
 "Häufig benutzter Zug".

Einfach rührend!
Welch eine interessante Information.
Ich hab am nächsten Tag die Homepage der italienischen Bundesbahn besucht, dort gibt es den Link für Vorschläge der Kunden.
 Ich habe vorgeschlagen diesen Schwachsinn zu vervollständigen mit dem Spruch"
Dieser Zug fährt auf Schienen"

Vor einiger Zeit hat die italienische Bahn riesige Plakate rausgebracht:

Verzichtet auf das Auto-Kauft das Jahresabbonement

Da geht sofort die Fantasie mit mir durch und ich stell mir das mal bildlich vor.

Ich muss dazu sagen, dass ich ungefähr 20 km ausserhalb von Rom lebe, 6 km von einem Bahnhof entfernt. Von dort geht eine S-Bahn ins Zentrum von Rom und weiter zum Flughafen. Von unserem Städtchen gibt es Busse bis zum Bahnhof.

Also perfekt - nur, mindestens einmal im Monat wird gestreikt, mal die Züge,mal die Busse, mal Alle zusammen. Das einzig Sichere an den Verkehrsmitteln ist, dass regelmässig gestreikt wird.

Ansonsten fallen Züge aus oder stehen auch schon mal 30 min. auf der Strecke. in den Hauptverkehrszeiten sind sie dann so voll, dass die Türen sich nicht schliessen und der Zug nicht abfahren kann.

Der letzte Zug von Rom kommt um 23 Uhr, aber dann gibt es keine Busse mehr bis nach Hause.Der Letzte geht um 21.40.

Taxi gibt es natürlich nicht.

6 km bergauf zu Fuss sind sicherlich gesund- vor allem im Winter.
Ich stelle mir ein Vorstellungsgespräch vor:"Lieber chef, also mindestens einmal im Monat komm ich nicht - Sie wissen ja wie das ist."

Meine Tochter muss jeden Tag zur Schule nach Rom. Wir bringen Sie mit dem Auto zum Zug um 7 Uhr und dann nimmt sie in Rom noch einen Bus, von dem auch kein Mensch weiss, wann er vorbei kommt.
Wann sie in der Schule ist, ist also ein Lotteriespiel. Komischerweise haben die Wettbüros diese Nische nicht erkannt.
Mit ein bisschen Glück ist sie dann um 8.20Uhr am Ziel. Die Schule reagiert auf dieses Chaos mit Regeln die nur ganz Harte nicht davon abhält vorzeitig von der Schule abzugehen:
 Wer von auswärts kommt darf 10 min. zu spät kommen. 4 mal im Halbjahr darf man noch zur 2. Std. in die Klassse. Nach dem 4. Mal wird man nach Hause geschickt.
Ungeheuer ermutigent !
 In der Regel hat meine Tochter schon Weihnachten 10 Tage Schule verloren- weil die Verkehrsmittel

unregelmässig sind.

Bushaltestellen

An dieser Stelle möchte ich 2 Haltestellen in meiner Stadt zur Preisverleihung anmelden; falls mal jemand Preise für die unmöglichste Haltestelle ausschreibt:

Nr. 1 ist ein richtiges Plastikhäuschen wie wir es alle kennen, aber man findet keinerlei Information, nicht dass dies eine Bushaltestelle ist, noch weniger welcher Bus da vorbei kommt, oder etwa ein richtiger Fahrplan.
Dafür hat irgendein Humorist einen Küchenstuhl hineingestellt und mit einer dicken Kette angekettet.
Ich habe dann zufällig mal einen Bus gesehen, ein richtiger Geisterbus. Ohne ausgestellter Nummer oder Fahrziel.

Nr.2 ist die Akrobatenhaltestelle. Hier

hält mit ein bisschen Glück der Bus nach Rom. Es handelt sich um eine sehr befahrene Strasse, ohne Bürgersteige und nach einer Kurve; also sehr gefärlich. Das Tolle ist, dass für den Wartenden ganze 20 cm zur Verfügung stehen, dahinter ist ein nicht gesicherter Abgrund. Schuhgrösse 50 muss auf Zehen balanzieren.

 Ich werde der Stadtverwaltung mal ein Schild vorschlagen:
Achtung Betrunkene und Schwindelanfällige-benutzt eine andere Haltestelle.

Autobahnen

Italien hat sehr viele, auch sehr schöne Autobahnen.
Leider auch sehr teuer.
An jeder Auf-und Abfahrt steht eine Station an der man bezahlen muss.
Diese Stazionen fungieren auch als vollautomatische Staubilder - nur Italiener können so was erfinden.
Pünktlich kommt dann die Autobahngebühren-Erhöhung.Die Zeitung schreibt dann Z.B:
5% Erhöhung.
 Na ja, das geht ja noch, denkt man und lenkt sein Auto locker auf die Autobahn. Das Stück, das früher 1,20€ kostete kostet jetzt 1,80€!!!
ein anderes 5.50€, früher 5€
Leben meine Mathelehrer noch?
Wechselt Prozentrechnen von Land zu Land? Oder hab ich mal wieder nichts begriffen?
Aber auch in Venezuela gab es so einen Fall. Ein Bekannter erzählte uns :"Ich kaufe die Ware Für 1 Bolivar und verkaufe Sie für 3, und mit den 2 % kann ich gut leben.

Fahrschulunterricht

Vor 4 Wochen hat meine Tochter den Führerschein gemacht. Die Zeit des Unterrichts war für mich sehr aufschlussreich. Vor Allem hab ich begriffen dass ich in Venezuela fahren gelernt habe und nicht in Deutschland. Hier gilt als Hauptregel
Jeder für sich und Gott für uns Alle!
Ansonsten herrscht totale Anarchie. Verkehrsschilder sind mehr als Zierde aufgestellt. Kommentar meines Neffen als wir in Venezuela mit 100 km/h über die Landstrasse bretterten
"In Deutschland wär der Führerschein jetzt weg.""wieso denn?" "Hier darf man nur 60 fahren.""Das muss man sportlich nehmen."

Kommentar meines Cousins in der Nähe Roms:" Mein Gott was könnte der italienische Staat Geld sparen - die ganzen Verkehrsschilder beachtet ja doch keiner."

Meine Tochter:" Mama, hast Du mal neben der Ampel eine Leuchtschrift mit Nummern gesehen?
"ja,in Deutschland, das ist die grüne Welle.Wenn man mit der Geschwindigkeit der angegebenen Zahl fährt, findet man alle Ampeln grün. "
"Donnerwetter, in Rom ,auf den Prachtstrassen, kilometerlang, wäre das doch praktisch, warum gibt es das nicht?"
Das frag ich mich auch. Man würde Benzin sparen, also weniger Steuern für den Staat.
 Die Luft wäre sauberer, zu logisch, lieber ab und zu Fahrverbot oder, am Besten für die Autoindussstrie: mal dürfen die Autos mit der letzten *graden* Nummernschildzahl , und mal die Autos mit der letzten *ungraden* Nummernschildzahl fahren. So kauft man ein Zweitauto und lässt sich das passende Nummmernschild geben.

Verkehrsmittel? Siehe oben !

Meine Tochter:"Mama Im Unterricht
haben wir
das Schild "Vorfahrtstr." gelernt. Schön
mit dem gelben Rand. Wo sieht man
das denn?"
" hier nicht, hier färt man nach Gefühl".
Es gilt immer rechts vor links und wenn
man meint, man ist auf einer wichtigen
Verkehrsstr. dann hat man vielleicht
Vorfahrt.
Man kann ja langsam fahren und
konntrollieren ob der von rechts ein
"Vorfahrt achten-Schild" hat .

Ich frage mich dabei warum die jungen
Leute Regeln lernen die es gar nicht
gibt.
Vielleicht weil sie mal in Europa
unterwegs sein könnten?

Andererseits könnte man sie auch das
australische Verkehrsschild:(rotes
Dreieck),
"Baden verboten, Krokodile!"
an den Brunnen Roms aufstellen.
Vielleicht baden dann weniger
Hitzegeschädigte dort.

Wegbeschreibung

Vor einiger Zeit musste ich mal nach Rom.Ich habe mir auch die Karte angesehenund mir gemerkt, nach der Bushaltestelle einmal rechts, einmal links. Als ich ankam war ich allerdings nicht sicher dass dies die richtige Strasse sei. Ich fragte also einen Passanten: "Entschuldigen Sie bitte, ist das Via Piave? ""das weiss ich nicht, aber da vorne ist piazza Fiume." "Ja ,ich weiss dass da vorne Piazza Fiume ist."" Na prima, dann gehen sie nur 200 m weiter , und dann rechts, dann sind Sie schon da"
Unnötig zu sagen, dass ich tatsächlich in Via Piave war.

Warentransport

Vor einiger Zeit unterhielt ich mich mit einem Händler, der seine Produkte selbst herstellt, und sie dann von weit her mit dem Lastwagen nach Rom transportiert.
Er erklärte mir ,dass er einen neuen, sehr grossen Lastwagen gekauft habe, den er aber nicht volladen duerfte, da der Staat Gesetze verabschiedet obwohl er weiss, dass die keiner befolgt.
 Der Händler : Also, es existieren zur Zeit Pläne von ganz Italien mit den Kontrollstellen und den Zeiten in denen die richtigen Kontrolleure nebst Preisangabe da sind."
Erst habe ich mal nicht richtig verstanden, nur als ich dann hörte, dass in Neapel für 50€ und in Bari für 80 € die Augen zugedrückt werden, war mir Alles klar.

Ich würde auch gerne in das Geschäft einsteigen, Ich werde mich mal an eine Ampel stellen und alle anhalten die nicht angeschnallt sind- und dann kassiere ich 1 €.

Postamt

No hai planilla.
Das ist spanisch und heisst : Die
Formulare sind ausgegangen. In meiner
Zeit in Venezuela hõrte ich das sehr
viel, nicht nur in der Post.
Dort brauchte man in der Regel nur ein
paar Geldstücke auf den Tisch legen
und der Beamte fand ganz zufällig noch
ein Formular.
Nun hör ich hier auf dem Postamt den
selben Satz.
 Ich:" Könnte ich bitte ein
Überweisungsformular haben"
Beamter:" non ci sono i moduli"(siehe
oben)
Oder in der Weihnachtszeit:"Bitte 2
Briefmarken"" Die sind ausgegangen".
Bis jetzt habe ich mich noch nicht
getraut einen Euro auf den Tisch zu
legen.
Irgendwie ordne ich Italien immer noch
der zivilisierten Welt zu.

Häuser

Italienische Häuser sind wunderschön.
Mit vielen Balkonen,innen
Marmorböden und im Winter kalt und
feucht.
    Die echten Hausfrauen sind perfekt.
Sie putzen und schruppen
ununterbrochen und benutzen Gifte
zum   Desinfizieren als müssten sie die
Pest bekämpfen.

 Dabei ist es gar nicht so einfach Z.B.
einen Staubsauger zu benutzen.
Vor vielen Jahren gab es 110 und 220
Volt- Linien in den Wohnungen, mit
grossen und kleineren Steckern. Heute
gibt es nur noch 220 volt, aber,
vielleicht zum Andenken, sind die
unterschiedlichen Steckdosen
geblieben (allerdings für 11 und 15
Ampèr) und nach nicht
nachvollziehbaren Kriterien im Haus
verteilt.
Muss man also staubsaugen, muss man
erst im Haus rumrennen und Adapter

suchen. Ein Elektriker hat mir erklärt, dass da natürlich auch die Estetik eine Rolle spielt. Wenn man Z.B. eine schöne, verspielte Nachttischlampe hat, und sieht dann hinter demRegal die Steckdose , so ist ein Stecker,der 2 cm kleiner ist,doch wesentlich eleganter.

Logisch!!!

Wenn mich mal jemand besuchen kommt, und hinter den Schränken nach eleganten Steckern sucht, wird er eine bittere Enttäuschung erleben.

Seit ein paar Jahren exisistieren universal- Steckdosen und ich hab fast alle ausgewechselt.

Betten

Im Jahre 1975 bin ich zum ersten mal im Winter nach Italien zu meinen Schwiegereltern gekommen.Sie hatten schon ein Ehebett für uns gekauft obwohl wir noch gar nicht verheiratet waren. Eine Ausnahme, wenn man bedenkt, dass ich eigentlich nicht mal im selben Haus wie mein Verlobter schlafen sollte.
Wie schon gesagt sind Häuser in Italien eiskalt; und so lag ich Daunenbettverwöhnte in einem italienischen Ehebett. Statt des Daunenbetts 5 oder 6 schwere Wolldecken die sich nicht an den Körper anschmiegen -und zwischen den beiden Körpern zieht die kalte Luft herein. Mehrmals in der Nacht wird man wach weil der Partner einem die Decke wegzieht.
 Ich glaube, es ist klar, dass ich zu Hause Daunendecken habe - und eine pro Person.Das ist auch viel praktischer zum Betten machen.

Wie ich meine Betten mache:
1. ich gehe nach rechts un ziehe das Bettlaken glatt
2. ich gehe nach links und ziehe das Laken glatt
3. Ich lege das Daunenbett auf die rechte Seite
4. ich wiederhole Schritt 3 auf der linken Seite
5. Ich positioniere die Kissen
6. Fertig

Und hier, wie ich ein italienisches Bett mache:
1. ich gehe nach rechts und ziehe das Bettlaken glatt
2. Ich gehe nach links und ziehe das Laken glatt.
3. ich lege das obere Laken aufs Bett und ziehe es glatt
4. ich gehe auf die andere Seite und ziehe es glatt
5. ich lege eine Wolldecke auf das Bett und ziehe sie glatt-
6. wiederhole diese operation auf

der anderen Seite
7. Ich schlage das obere Bettlaken um und ziehe es schön glatt
8. Ich tänzel auf die andere Seite und wiederhole die prozedur
9. Wenn es kalt ist, kommt noch mal Getänzel   nach rechts und links für eine weitere Wolldecke
10.Nun kommt die Tagesdecke dran, mit Rüschen, Spitzen und volants.
11.wieder rechts glattziehen
12.links glattziehen
13.Kissen positionieren

An dieser Stelle vergeht mir jegliche Fantasie und ich ergebe mich dem Suff.

Ich verstehe nicht wie die Italienerinnen das machen, sie fangen doch auch schon um 7 Uhr an zu kochen und um 14 Uhr, grade das Geschirr vom Mittagessen abgewaschen, setzen sie das Abendessen auf.

Weihnachten

Vor einiger Zeit lieh mir meine Cousine
ein Buch : Maria,ihm schmeckt's
nicht ...von Jan Weiler.
Er beschreibt dort ganz treffend das
Leben in Italien.
  Weihnachten beschreibt er ungefär
so: Panettone,
Plastikweihnachtsbäume,
psychodelische Lichter und im
Fernsehen leichtbekleidete Damen die
irgendwelche Treppen hinuntersteigen.
Ich möchte nur zwei Details dazufügen.

Fressgelage und Lichterdekoration

Weihnachten sitzt man eigentlich nur
am Tisch und frisst - ausser der armen
Mamma die nie soviel kocht und
abwäscht wie an Weihnachten.
Typisches Menu für Heiligabend.
Beginn 21 Uhr (Mamma seit 6 uhr in
der Küche)
Tartine=Weissbrotscheibchen mit
verschiedenem Belag auf Fischbasis
Antipasto= Meeresfrüchte mit kaltem
Gemüse
Primo 1= Nudeln (hausgemacht) mit
Lachs

Primo 2= Risotto
Secondo:verschiedene Fische frittiert oder gebacken und frittiertes Gemüse. dessert=Panettone. Dazu Wein und zum Abschluss Sekt.

Um Mitternacht begeben sich Alle zur Krippe.
Wie in allen südlichen Ländern ist die Krippe der Mittelpunkt, sehr gross angelegt, der Weihnachtbaum existiert erst seit wehnigen Jahrzehnten.
Also um Mitternacht wird das Jesuskind in die Krippe gelegt, seit dem 1. Dezember, Tag des Aufbaus, steht sie leer.
Ich hab mal wieder nichts begriffen. Wieso stehen die Hirten vor der leeren Krippe, Was macht der Engel auf dem Stall und der Komet über der Szene. Und die Heiligen 3 Könige, kamen die nicht nach der Geburt Jesus'?
Und Maria und Josef - waren die nicht auf einem Esel unterwegs? Warum stehen die vor der leeren Krippe und beten das Heu an?
Hier mein Vorschlag:

Am 1. Dezember Aufbau der Landschaft ,Stall mit Ochs und Esel, auf dem Stall höchstens ein Geier oder ein paar Hühner,
völlig desinteressiete Hirten.
Heiligabend, 24 Uhr nehmen dann alle Teil an der Vervollständigung der Krippe, und dann gehen Alle zu Bett.

Am Weihnachtstag mittags wiederholt sich das Menu, nur darf jetzt auch Fleisch dazu. Mamma hat zwei kg abgenommen da sie die Runde bedienen muss, niemals würde ein männlicher Italiener den Tisch decken oder sonst irgendwie helfen.
Wenn man bedenkt, dass ein Essen 4 Stunden dauert, ist das für sie wie ein Marathonlauf.
dann kann sie drei Monate für Ostern trainieren, und das feiert man- mit ungeheurem Fressgelage.

Seit grauer Vorzeit gehört zur Wintersonnenwende das Feuer.
Hoffnung auf Licht und Erneuerung der Natur. Das Christentum hat die Geburt Jesu auf dieses Datum gelegt, unter

Anderem um heidnische Bräuche an die Hoffnung auf Erneuerung des Glaubens zu koppeln.
Kerzen sind an Weihnachten nicht wegzudenken und in der Neuzeit sind elektrische Lichter in Massen in Gebrauch.
 Natürlich auch in Italien.
Die amerikanische Mode , die Hauser von aussen zu schmücken hat sich durchgesetzt.
Man benutzt in der Regel Lichterketten,blinkend wie in der Disco und bunt wie im Puff.
Aber auch einfarbig wie in meiner Nähe.
Dort benutzt man 3 Lichterketten, grell gelbe relativ grosse Glühbirnen. Die erste wird um die Aussentreppe drapiert,im dunkeln sieht man ungefähr folgendes Muster:

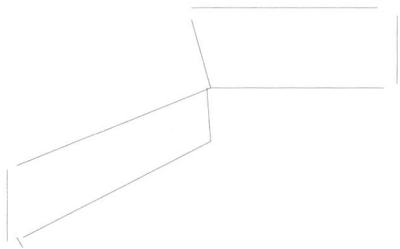

das ist wie bei einer Autobahn baustelle

dahinter schlingt sich eine Kette im Baum,undefinierbar, ungefähr so:

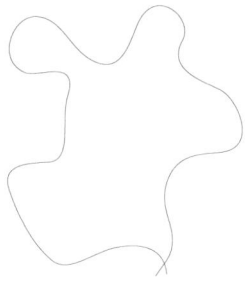

Dann umrankt sich eine Säule und 2 Fenster des Hauses.

Wenn man sich abends diesem Hause
nähert sieht man Folgendes:
Treppendekoration an - - wieder aus.
Baumdekoration an - wieder aus.
Fenster an - aus.
Das Gleiche, nur schneller.
Und jetzt-
so stell ich mir Hölle vor-;
in atemberaubender Schnelligkeit
blinkt Alles wie verrückt-
wie tausend Maschinengewehre.
Braucht jemand einen Hintergrund für
einen Horrorfilm? Spätestens am 1.
Dezember kann er die Szene filmen.
Nur, was hat das mit Weihnachten zu
tun?

Ämter und Behörden

Man kann davon ausgehen, dass deutsche Behörden nervig sind, aber italienische sind wahrhaft zum Heulen.

Wenn mal mal durch so ein Amt, sagen wir mal Stadtverwaltung geht, trifft man in der Regel folgendes.
Im 1. Büro sitzen 4 Angestellte. Eine spielt ganz gelassen ein entspannendes Spiel am Computer, und dreht nicht mal den Monitor zur Seite;
2 unterhalten sich über den Ex-mann, die Katze, den Hund und den Tiger - und würdigen dich keines Blickes, die 4.Person arbeitet anscheinend.
Wenn man mal einen echten Hysterieanfall erleben will, braucht man nur zu sagen: "Kann ich nicht warten?

Sie brauchen doch nur eine Nummer in das Formular eintragen und unterschreiben"
Um Gottes Willen, die Nummer muss doch erst mal gefunden werden -und wer weiss wo sie sich versteckt hat.
 Ausserdem muss dann Pinko Pallino unterschreiben und der ist gerade in die Bar zum frühstücken gegangen.
Nach dem Fühstück geht er dann einkaufen, und dann lohnt es sich nicht mehr ins Büro zu kommen. Er macht Mittagspause.
Man kann ja in drei Tagen noch mal vorbeikommen.

Achtung, wenn Sie mit Kindern in Ämtern sind, klopfen Sie mindestens 3 mal an, man erlebt sonst auch Hard-Porno auf dem Bildschirm.
Der Angestellte, total konfus beeilt sich das Fenster zu schliessen und stammelt: "da hat mir doch jemand einen Scherz gemacht." (Das ist einer Freundin von mir passiert)

Im nächsten Büro findt man 2 Personen. Eine steht am Fenster und telefoniert mit ihrer lieben Mutter. Man diskutiert darüber, was zum Abendessen einzukaufen ist. Wenn man genug Zeit hat, (15min) kann man genau erfahren, was in dieser Familie heute gegessen wird.

Typische Arbeitsweise der Behörden

- Beispiel 1

Vor 15 Jahren bin ich in mein neues Haus eingezogen und mein Mann ging zum Einwohnermeldeamt um den Wohnungswechsel anzumelden.
Der Beamte fragte nach der Hausnummer, uns war aber keine zugeteilt worden. "Gehen Sie bitte in die Abteilug im 3. Stock und beantragen Sie die Zuteilung einer Hausnummer."
Mein Mann zauderte nicht, wurde aber noch mal in eine andere Abteilung geschickt. Dort kriegte er zu hören dass dies automatisch im Einwohnermeldeamt erledigt würde.
Auf dem Weg dorthin überlegte er welche Nummer logischerweise zugeteilt werden müsste, füllte das Formular mit der erfundenen Nummer

aus und damit war der Fall erledigt.
Die Nachbarn benutzten das gleiche
System und so leben wir in einer
Strasse mit lauter erfundenen
Hausnummern.

Typische Arbeitsweise der Behörden, Beispiel 2

Mein Haus steht an einem Hang und
oberhalb steht noch ein
Einfamilienhaus. Dieses ist nicht an die
Kanalisation angeschlossen sondern
hat eine Sickergrube.
In den ersten Jahren gab es keine
Probleme, dann hat mein Nachbar die
Grube mal reinigen lassen und
damit begann mein Martyrium.
   In unregelmässigen Abständen kam
eine Wolke unglaublichen Gestanks. Im
Sommer, wenn man bei offenem
Fenster schläft, musste ich oft das
Haus verlassen, mit dem Auto in einen
ruhigen Feldweg fahren und dort
schlafen, bis, in der Regel nach einer
Stunde, der Gestank verschwunden

war.
Dann sammelte sich das stinkende Abwasser vor meiner Gartenmauer und bildete einen sagenhaften Schlamm der dann von Katzen und Vögeln verteilt wurde, vor allem auf unseren Autos ergab das ein nettes Muster.
Am Ende war das Wasser auch auf meiner Terasse
Zunächst hab ich versucht mit dem Nachbarn zu reden, dieser versprach mir sofort etwas zu tun.-

Es vergehen Monate.

Wir bieten dem Nachbarn an, sich an unsere Abwasser- rohre anzuschliessen.
Er bedankt sich überschwinglich und verspricht Rohre zu verlegen- ich glaube aus purem Gold.

Es vergehen Monate.

Da offenliegende Kloaken auch ein allgemeines Problem sind, schreibe ich an das zuständige Amt ,hier kurz Hygiene genannt. -Es kommt ein Inspektor und schreibt einen Bericht.

-Es vergehen Monate.

Ich frage mal bei Hygiene nach. Der Chef gibt mir die Kopie des Briefes in dem er den Bürgermeister auffordert meinen Nachbarn zu veranlassen sich an das öffentliche Abwassernetz anzuschliessen. Ich gehe ins Rathaus und forsche nach. Also der Brief ist angekommen, In der Posteingansstelle bekomme ich die Information wohin er weitergeleitet wurde:

Er war adressiert an den Bürgermeister aber die Angestellte entscheidet, dass der nicht kompetent ist und schickt den Brief an ,kurz benannt, "Umwelt " und "Urbanisstik".Dort ist nie etwas angekommen, niemand weiss etwas und niemand ist zuständig.

Der Brief hat sich ganz einfach verflüchtigt.

Ich mache einen Besuch bei "Hygiene."

Den chef wundert überhaupt nichts.

Kommentar:

"Das ist normal in Italien."

(ich muss aber darauf hinweisen dass der Norden ganz anders funzioniert)

Der Nachbar muss persönlich zu "Hygiene "und bekommt einen Verweis, Chef schreibt einen Brief an die Stadtverwaltung.

Es vergehen Monate.

Ich verliere erst gar nicht viel Zeit mit der Suche nach dem Brief in der Stadtverwaltung und wende mich persönlich an einen Techniker.
Es vergehen Monate.
Ich rufe den Techniker an und höre folgendes:
" Ich bin mit der Umweltpolizei zur Inspektion gekommen.
Der Beamte hat einen Brief an "Hygiene" geschickt."
Also, Hygiene schreibt an die Stadt, Stadt schreibt an Hygiene.
Und wenn sie nicht gestorben sind, dann schreiben sie heute noch.
Ist das nicht ein Fall für Guiness- Buch der Rekorde? Gibt es dort eine Kategorie für den grössten Amtsschimmel-Schwachsinn?
Ich gehe zum Anwalt.
Dieser schreibt ein Einschreiben an meinen Nachbarn. Der kapiert worum es geht, nimmt den Brief nicht an.
Es vergeht ein Monat
Mein Anwalt schreibt die Anklage. Da mein Haus in Zugewinngemeinschaft gekauft wurde, muss auch mein Mann unterschreiben. Der weigert sich, da:
    1. Die Justiz teuer und langsam ist

2. . Ich muss 1000 € anzahlen,vielleicht in 8-10 Jahren kommt das Urteil ,wenn in der Zeit das Problem gelöst ist, zahlen immer wir.
3. Der Nachbar ist augenscheinlich nicht zurechnungsfähig und macht uns nachher das Leben zur Hõlle.

Also, hier in der Nähe sind Brunnen für Gärten die durch das Abwasser verseucht werden,das Wasser steht auf meiner Terasse und im letzten Sommer ist mein Hund an einer Krankheit gestorben die durch Insekten übertragen wird die in feuchter humushaltiger Erde ihre Eier legen.

Wenn Ihr lest: Amokläufer in Italien, das bin dann mit Sicherheit ich. Jamand muss mir nur ein Gewehr zukommen lassen.

Es sind inzwischen 5 Jahre vergangen, das Abwasser stinkt immer noch zum Himmel und läuft auch noch die Strasse hinunter.

.

Mittelalter lässt grüssen!

Zum Aussgleich zahle ich eine Extra -Steuer-für besonders gute Wohnlage. Und selbige soll im nächsten Jahr erhöht werden.

Und noch eine Runde.

Angesichts der Tatsache dass uns ein neuer Sommer im in der Scheisse bevorsteht, ist mein Mann einverstanden, dass wir noch einmal versuchen uns Recht zu verschaffen. Vor Allem da die lang erwartete Urbanization unterhalb unseres Grundstücks abgeschlossen ist, der liebe Nachbar das aber nicht zur Kenntnis nimmt. Für ihn ist der Konstrukteur ein Idiot der nicht weiss welche Arbeit er gemacht hat ,das weiss nur er,der liebe Nachbar, und er macht was er will.

Ich rufe die Umweltspolizei, die kommen, beantragen den Eingriff des Hygieneamts, die kommen zum 3. mal,und zum dritten mal passiert nichts.
Auf meine Nachfrage höre ich eine beruhigende Neuigkeit :

Sie schreiben wieder einen neuen
 Brief .
Ich hab gar nicht erst gefragt an wen,
das Kapitel hatten wir schon, sie landen
im Papierkorb.

Des Bürgermeisters Sternstunde

Vor einiger Zeit las ich ein Plakat:
Konferenz über den Einfluss der westlichen Kultur auf die Entwicklung Rumäniens.
Donnerwetter hab ich mir gedacht, und sowas in unserem Städtchen. Da muss ich hin.
Ich fand mich auch pünktlich ein, der Saal war halbvoll und da sassen am Rednerpult: ein Professeor für Geschichte aus Rumänien, daneben Professoren der Universität Rom und Geschichtslehrer der Schulen aus der Umgebung.
Man wartete auf den Bürgermeister der die Konferenz eröffnen sollte.
Nach einer halben Stunde kam er- stockbesoffen-.
Er konnte den Professor nicht begrüssen, er konnte den Namen nicht nachsprechen. Nach mehreren Versuchen hielt man ihm ein Blatt hin, er konnte es nicht lesen. Er probierte

noch ein paarmal, dann erklärte er wild gestikulierend: " Nun ja, ich bin eben kein Geschichtsexperte, ich bin ein Bürgermeister der Rechten --und da bin ich auch stolz drauf.............." Es folgen ein paar politische Floskeln und dann:
" Die Geschichte ist nicht Eigentum der Linken oder Eigentum der Rechten sondern muss im Winkel von 360 ° gelehrt werden".

Wie aufregend!
der Spruch des Jahres !
Nur leider, meine bescheidene Intelligenz reicht nicht aus, den Sinn zu erfassen. Falls jemand verstanden hat, was das bedeutet, kann er mir das bitte erklären?

Geld verdienen

Ich bedaure zutiefst, dass ich nicht den richtigen Beruf und ein wenig Startkapital habe.
Konstrukteur muss man sein und Freund der Lokalpolitiker.
Also, man kauft ein Grundstück das noch ausschliesslich für Landwirtschaftliche Benutzung vorgesehen ist. Sagen wir mal 1000 quadratmeter, 10 € der meter. Dann fängt man an zu bauen. Wenn das Haus halbfertig ist, geht man zur Stadtverwaltung, gibt sich ganz zerknirscht weil man nicht gewusst hat, dass man keine Genehmigung hat, und dann braucht man nur an die Stadt -oder an den der an der richtigen Stelle sitzt - eine Strafe zahlen und dann kann man das Haus verkaufen und berechnet den Preis für Baugrund= 100 €.

Eine deutsche Freundin,die grade ein Haus sucht, rief mich an "Mein Gott, Ich bin an einen gaunerischen Bauherr geraten, er verlangt von uns, dass wir nur den halben Kaufpreis angeben ,so

spart er
 60.000 € und wir 5000 € Steuern."
"Meine Guteste, das ist hier ganz
normal". belehrte ich Sie .
Es ist unmõglich korrekt Steuern zu
bezahlen ,die Einnahmen reichen
beiweitem nicht aus. Bei einer Kontrolle
müsste man dann beweisen, aus
welchen Quellen man all die Steuern
bezahlt hat.

Der Handwerker im Hause erspart die Abbruchfirma

Die Moral von der Geschichte

Vor einiger Zeit unterhielt ich mich mit einem Freund, geboren in Nepal als Kind tibetanischer Eltern.
Wir sprachen über das italienische Gesundheitssystem-
übrigens, wer über die Gesundheitsreform jammert, soll mal nach Italien kommen, nach zwei Monaten wird er bekehrt sein.-
Also mein Freund sagte: "Hier funktioniert es wie in Indien."
Ich habe immer gesagt:"Hier funktioniert es wie in Venezuela."
Resultat:
Indien = Italien= Venezuela, oder auch **Italien ist überall, Indien ist überall usw. einmal rund um die ganze Welt.**

Und hier noch ein Quiz

zu gewinnen ist eine Kreuzfahrt!

Auf dem Tiber, auf einem selbstgebastelten Floss, Rückkehr per Autobus.

Was ist das?
Die Ruine eines alten Schlosses,
benutzt für satanische Messen -
oder unsere Friedhofskirche?

siehe nächste Seite

Die richtige Antwort lautet:
Unsere Friedhofskirche!

Wo stehen diese Abfalleimer?

In irgendeinem Slum? –
oder in der Hauptstr. meiner
hochbesteuerten Wohngegend?

Die richtige Antwort lautet: In meiner
hochbesteuerten Wohngegend.

Herstellung und Verlag:
BoD - Books on Demand, Norderstedt
ISBN 978-3-7347-7243-6